Babe Ruth

FOTOGRAFÍA

AP/Wide World Photos

Impreso en los Estados Unidos de América.

Distribuido a escuelas y bibliotecas en los Estados Unidos por:
ENCYCLOPAEDIA BRITANNICA EDUCATIONAL CORP.
310 S. Michigan Avenue
Chicago, Illinois 60604

Datos para Catálogos y Publicaciones de la Biblioteca del Congreso:

Rambeck, Richard.
Babe Ruth / Escrito por Richard Rambeck
p. cm.
Resumen: Biografía de Babe Ruth, jugador de béisbol famoso como
bateador de cuadrangulares para el equipo de los Yankees de Nueva York.
Traducido del inglés: Babe Ruth / Escrito por Richard Rambeck
ISBN 1-56766-054-1
1. Ruth, Babe, 1895-1948 — Literatura para jóvenes.   2. Béisbol, jugadores de — Estados
Unidos — Biografía — Literatura para jóvenes.
[1. Ruth, Babe, 1895-1948. 2. Béisbol, jugadores de.] I. Título
GV865.R8R36 1993   92-6588
796.357'092-dc20   CIP
[B]   AC

Babe Ruth

Por Richard Rambeck

THE CHILD'S WORLD

Los Yankees de Nueva York y los Cachorros de Chicago se disputaban el tercer juego de la Serie Mundial de 1932. Era la primera entrada del tercer juego de la Serie y los Yankees habían ganado los dos primeros juegos. El jardinero derecho del equipo de Nueva York, Babe Ruth, se puso al bate en el Campo Wrigley de Chicago, bateó y mandó la pelota por encima de la cerca, dando a los Yankees una ventaja de 3-0. Cuando Babe Ruth corrió alrededor de las bases, los Yankees parecían estar en camino a otra victoria. Cuando Ruth llegó a la tercera base un fanático de los Cachorros le gritó: "Bandido con suerte. El viento la voló por encima de la cerca."

7

"¿**B**andido con suerte?" —se preguntó Ruth a sí mismo.

¿Sabrá este tipo a quién le está hablando? ¿No habría visto este fanático a Ruth bateando siete cuadrangulares de ocho lanzamientos durante la práctica de bateo? Ruth ya estaba enojado. Les iba a mostrar a estos fanáticos de Chicago lo bueno que él era. Más tarde, Ruth se puso al bate en la quinta entrada. El marcador estaba empatado 4-4. Justo cuando él llegó al cuadro del bateador, alguien tiró un limón desde la tribuna principal. El limón cayó cerca de los pies de Ruth y rodó por la base del bateador. Babe Ruth, enfadado, salió del cuadro del bateador y pateó el limón. Luego se dio la vuelta hacia la tribuna principal.

9

Lo que Ruth hizo a continuación no se sabe con certeza. Algunos dicen que señaló hacia los espectadores de la gradería. Otros dicen que señaló en la dirección de donde había venido el limón. En cualquier caso, Ruth regresó al cuadro del bateador para enfrentarse al lanzador de los Cachorros, Charley Root.

Dirigiéndose al receptor de los Cachorros, Gabby Hartnett, Ruth le dijo:

"Si me tira una donde la pueda tocar, la mandaré por encima de la cerca otra vez".

El primer lanzamiento de Root pasó sobre el centro mismo de la base del bateador. Ruth lo dejó pasar.

¡Strike uno!

Babe levantó un dedo indicando. Vio pasar el segundo lanzamiento.

¡Strike dos!

A Babe le faltaba un lanzamiento para quedar derrotado.

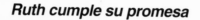
Cuando Hartnett tiró la pelota otra vez al lanzador, Ruth levantó dos dedos. Luego, Babe señaló hacia la gradería sobre el centro del campo. El extraordinario bateador de los Yankees accionó su cuerpo con toda su fuerza en el próximo lanzamiento.

¡Pam!

La pelota voló por encima de la cerca en el área del centro del campo para marcar un cuadrangular. Tocó piso casi en el sitio preciso donde había señalado Ruth. Mientras Babe corría por las bases, los aficionados vitoreaban a la estrella del equipo de Nueva York.

Después del juego, el escritor de béisbol de Nueva York, Joe Williams, se acercó a Babe.

—¿Sabes que si hubieras fallado esa pelota habrías quedado como el tarugo más grande de todos los tiempos? —le preguntó Williams.

—Tienes razón —dijo Ruth— Eso podría haber pasado, ¿verdad?

Ruth y los Yankees prosiguieron a ganar la Serie Mundial de 1932 en cuatro juegos. Dos años después de aquella victoria de los Yankees sobre los Cachorros, Ruth concluyó su carrera con el equipo de Nueva York. Pero, de allí, se trasladó a Boston donde jugó una última temporada en 1935 con los Bravos. El último juego en el que Babe tomó parte fue contra los Filis de Filadelfia, el Día de Conmemoración a los Caídos en Guerra, en 1935. Después de ese juego, el más grandioso bateador de cuadrangulares en la historia del béisbol se jubiló. Babe llegó a tener un récord de 714 cuadrangulares y un promedio de bateo de 342 sobre mil. Solamente Hank Aaron ha golpeado más cuadrangulares que Babe. Hasta el día de hoy, no ha habido ningún héroe deportivo norteamericano más famoso que Babe Ruth, quien murió en 1948.

Babe nació en Baltimore, Maryland, el 6 de febrero de 1895. Su verdadero nombre era George Herman Ruth. Muchas versiones que tratan sobre su vida dicen que Ruth era huérfano, aunque no es verdad. La madre de Ruth murió cuando él tenía diecisiete años, y su padre vivió suficiente tiempo para verlo jugar al béisbol en las Ligas Mayores. Sin embargo, sí es verdad que cuando él tenía siete años, sus padres lo mandaron al Hogar Industrial para Muchachos de Santa María, un hogar para huérfanos y niños de familias pobres. Babe permaneció en esta escuela hasta los dieciocho años y fue allí donde el joven Ruth aprendió a jugar al béisbol.

El primer entrenador de Babe fue el "Hermano Matthias", quien enseñó a Ruth a lanzar y batear. Luego, en 1914, el propietario de los Orioles de Baltimore, Jack Dunn, vino a Santa María en busca de jugadores de béisbol. En aquel entonces, los Orioles formaban parte de la Liga Internacional. Cuando Dunn vio a Ruth jugar, el propietario de los Orioles se dio cuenta de que era el muchacho a quien había estado buscando. Dunn contrató a Ruth pagándole seiscientos dólares al año y después, mandó al muchacho al campo de entrenamiento de los Orioles en Fayetteville, Carolina del Norte. Cuando los otros Orioles vieron al joven Ruth, se rieron de él. Pero Sam Steinman, el entrenador del equipo, les dijo que dejaran a Ruth tranquilo.

"**E**s mejor que tengan cuidado —les advirtió Steinman a los jugadores—. Él es uno de los 'bebés' de Jack Dunn".

A partir de entonces, todos los Orioles apodaron a Ruth "Bebé". Se quedó con el apodo y de ahí en adelante a George Herman Ruth se le conoció como "Babe".

Pero Ruth no pasó mucho tiempo con los Orioles. Pronto, el equipo de los Medias Rojas de Boston lo llamaron para jugar en las Ligas Mayores. Cuando Babe ingresó en el equipo de los Medias Rojas en julio de 1914, no entró como jardinero. Era un lanzador zurdo con un lanzamiento poderoso. Ruth también era un buen bateador pero los Medias Rojas consideraban que les ayudaba más como lanzador.

22

En 1915 Ruth tenía un récord de lanzamientos de 18-8. Un año más tarde, terminó la temporada con una marca de 23-12 y ayudó a los Medias Rojas a ganar la Serie Mundial. Aunque parezca difícil creerlo, Babe Ruth llegó a ser uno de los mejores lanzadores del béisbol. En realidad, no jugó en ninguna otra posición con los Medias Rojas hasta 1918. Durante la temporada de 1918, el capitán del equipo de Boston, Harry Hooper, se dirigió al manager de los Medias Rojas, Ed Barrow, con una idea.

"Ed —dijo Hooper—, necesitamos jardineros, no lanzadores. Babe quiere jugar todos los días. El número de espectadores siempre es mayor cuando él es lanzador y nosotros creemos que es porque los fanáticos quieren verlo batear".

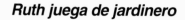

Hooper le dijo a Barrow que era mejor para el equipo que Ruth jugara de jardinero. Barrow pensó que ésta era una idea descabellada.

"Sería el hazmerreír de la liga si sacara al mejor lanzador de la liga para ponerlo de jardinero"— le dijo Barrow a Hooper.

Después de todo, Ruth había ganado veinticuatro juegos durante la temporada de 1917.

Pero los jugadores de Boston no se dieron por vencidos. Finalmente, Barrow accedió a que Ruth jugara en otra posición que no fuera de lanzador.

"¡Al jardín se va! —dijo Barrow—. Pero acuérdense de mis palabras. La primera vez que se le desplome la suerte, vendrá rogando de rodillas para que lo deje lanzar".

Barrow se equivocó. A Ruth le gustaba lanzar, pero batear le gustaba aún más. Como lanzador, formaba parte de la alineación de bateo sólo una vez cada tres o cuatro días. Como jardinero derecho, podía jugar y batear todos los días. Babe marcó once cuadrangulares durante la temporada de 1918, ayudando así a los Medias Rojas a ganar otro título de la Liga Mayor. En 1919, Ruth estableció el récord de la Serie Mundial marcando veintinueve cuadrangulares. Babe había cambiado su posición de lanzador a superbateador. Después de la temporada de 1919 también cambió de equipo. El propietario del equipo de Boston, Harry Frazee, que tenía problemas financieros, vendió a Babe a los Yankees de Nueva York por cien mil dólares.

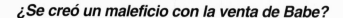
Probablemente éste resultó ser el peor intercambio en la historia del béisbol. Los Medias Rojas, que habían llegado a ser uno de los mejores equipos del béisbol antes de vender a Babe, renunciaron al jugador que llegaría a ser el líder en el número de cuadrangulares de la Liga Norteamericana durante diez de los doce años siguientes. Después de cerrarse el trato, los Yankees subieron a la delantera de la Liga Norteamericana, mientras que los Medias Rojas bajaron de puesto. Boston había ganado dos títulos de la Serie Mundial cuando Babe era parte del equipo de Boston. Desde que Babe dejó el equipo, los Medias Rojas nunca han ganado ningún otro campeonato de la Serie Mundial. Hasta el día de hoy, muchos fanáticos del equipo de Boston creen que eso se debe a que se creó un maleficio sobre el equipo por la venta de Babe Ruth.

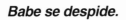

29

Babe se mudó a Nueva York y allí formó parte de uno de los mejores equipos en la historia del béisbol. Ruth era uno de los jugadores en la alineación de bateo de los Yankees, a quienes se les denominó "La alineación de los exterminadores". Esta alineación también incluía al jugador de primera base, Lou Gehrig. Los lanzadores de los otros equipos tenían que enfrentarse a Ruth bateando en tercer lugar, e inmediatamente después, enfrentarse a Gehrig. Durante la Serie Mundial de 1932, Ruth y Gehrig marcaron, cada uno, dos cuadrangulares en el tercer juego. Ese fue el día en que Ruth señaló con el dedo (según cuentan algunos) hacia donde iba a mandar la pelota al batear. Ese fue el último cuadrangular que Ruth golpeara en un juego de la Serie Mundial. Fue también el más famoso de sus cuadrangulares.